# Le petit livre à lire aux toilettes

ISBN 978-2-7540-3371-8
Dépôt légal : janvier 2012
Imprimé en Italie
Correction : Anne-Lise Martin
Maquette : Olivier Frenot

Éditions First
12, avenue d'Italie
75013 Paris – France
Tél. : 01 44 16 09 00
Fax : 01 44 16 09 01
E-mail : firstinfo@efirst.com
www.editionsfirst.fr

# Le petit livre à lire aux toilettes

Florian Gazan

FIRST Editions

*Pour Isa, Gabriel, Robin, Julia et Maxime qui savent que je serai mon premier lecteur...*

Un cri de bébé
fait 97 décibels.
C'est exactement
le même niveau sonore
qu'un marteau-piqueur.
Sauf que
le marteau-piqueur, lui,
vous réveille rarement
en pleine nuit.
Et en plus, il est propre…

La surface totale
de poils de barbe
qu'un homme
rase pendant toute sa vie
est de 330 mètres carrés.
Surface que
Sébastien Chabal, lui,
rase en une seule fois…

Le cœur de la crevette
se trouve dans sa tête.
Gros avantage
pour les femelles.
Quand elles ne veulent pas
coucher avec leur mâle,
elles n'ont pas une
mais deux excuses :
« Pas ce soir,
j'ai la migraine »
et
« Pas ce soir,
j'ai mal au coeur ».

Treize couples
fêtaient leur lune de miel
à bord du *Titanic*
lorsqu'il a coulé.
Petite consolation :
leur champagne
est resté bien au frais.

En moyenne, l'homme
absorbe environ
50 kg de poussière
dans sa vie.
Finalement, on est tous
des aspirateurs...
Jean-Luc Delarue
va se sentir
un peu moins seul.

De 1524 à 1610,
la ville de New York
s'appelait
Nouvelle-Angoulême.
Et puis un Américain
a dû finir par aller
à Angoulême
et dire en revenant :
« Les gars,
on arrête ce délire.
Une seule Angoulême,
c'est déjà trop ! »

À l'âge de 20 ans,
nous perdons
20 % de notre sens
de l'odorat.
À l'âge de 60 ans,
nous en perdons 60 %.
À 100 ans,
on ne sent plus rien.
Ça porte même un nom :
l'incontinence.

La licence d'utilisation
d'iTunes spécifie
qu'il est interdit
de l'employer
comme composant
d'un missile ou d'une arme
nucléaire, chimique
ou bactériologique !
Sérieusement, vous imaginez
un terroriste utiliser iTunes ?

« Faites pas les cons !
Si vous détournez pas
cet avion, je vous préviens,
j'écoute mon iPod ! »

Le poids maximum
d'un éléphant
est de 7 tonnes.
On peut donc affirmer
sans se tromper
que l'éléphant
est un gros lourd.

47 %
des femmes britanniques
ne portent pas de jupes
parce qu'elles ont honte
de leurs jambes.
Susan Boyle, elle, en porte,
mais ses jambes lui ont
expressément demandé
de porter des collants
pour qu'on
ne les reconnaisse pas.

Une étude australienne
a révélé
qu'une voiture noire
a 12 % de risques en plus
d'avoir un accident
en plein jour
qu'une voiture blanche.
C'est pourquoi,
comme Michael Jackson,
de plus en plus
de voitures noires
se font blanchir
la carrosserie.

Les fourmis
ne dorment jamais.
Le seul somnifère
qui marche sur elles,
c'est un bon vieux
coup de semelle.

Le livre le plus vendu
au monde est la Bible.
Avec des ventes estimées
à 5-6 milliards.
On comprend mieux
pourquoi les anges
descendent sur Terre.
C'est pas pour sauver
les hommes,
c'est pour rapporter
les droits d'auteur
au vieux là-haut.

On peut faire passer
la tour Eiffel,
327 mètres de haut,
sous le viaduc de Millau,
340 mètres de haut.
Et on peut utiliser
le viaduc de Millau
pour relier
les dents de devant
de Yannick Noah.

L'hippopotomonstro-
sesquippédaliophobie
est la peur
des mots trop longs.
C'est aussi la peur
de ne pas réussir
à dire ce mot
sans bafouiller.
Essayez, et vous verrez
que, vous aussi,
vous êtes
hippopotomonstro-
sesquippédaliophobe.

Certains aéroports
en Angleterre
utilisent des chansons
de Tina Turner
pour faire fuir
les oiseaux des pistes.
Pourquoi pas
des chansons
d'Elton John
dans les clubs
gays anglais
pour faire fuir
les hétéros ?

En 1977,
un jeune Américain
de 13 ans a remarqué
qu'une dent poussait
sur son pied gauche.
D'ailleurs tous les soirs,
sa mère lui disait :
« N'oublie pas
de te brosser les orteils
avant d'aller au lit. »

Un poil pubien
peut mesurer
jusqu'à 6 centimètres.
Autant dire
que chez les hommes
qui ont un micro-pénis,
ce peut être
la forêt qui cache l'arbre.

La mante religieuse
est le seul insecte
à pouvoir tourner
la tête sur 180 degrés.
Avec Lady Di.
Sauf qu'elle ne l'a fait
qu'une fois.

Parmi les quatre rois
d'un jeu de cartes,
seul le roi de carreau
est représenté de profil.
Pas pour faire
son intéressant,
mais juste
parce qu'avant d'être roi,
il était milieu de terrain
au Bayern de Munich.

Votre pied
a exactement
la même longueur
que votre avant-bras,
du coude au poignet.
Si vous êtes manchot aussi.
Enfin si vous décidez
de vous faire amputer
des deux jambes.

Walt Disney
avait peur des souris.
Ça ne l'a pas empêché
d'inventer Mickey.
Heureusement qu'en plus
il n'avait pas peur
des dollars !

L'âge moyen
d'un propriétaire
d'une Porsche
est de 49 ans.
Car, oui, si t'as pas
une Porsche à 49 ans,
c'est que t'as raté ta vie
et qu'en plus faut pas
que tu traînes
parce que ça te laisse
un an pour avoir
ta Rolex.
C'est dur
la vie bling-bling…

Il y a plus
de 500 phobies répertoriées.
Parmi les plus bizarres,
l'hoplophobie est la peur
des camions de pompiers.
Jeanne d'Arc devait être
hoplophobe…
On a vu le résultat…

Le marché du naturisme
a augmenté de 233 %
en moins de dix ans.
Aux États-Unis,
il génère en moyenne
400 millions de dollars
par an.
Y en a qui se font vraiment
les couilles en or.
Et en plus ils les montrent !

La taille d'un
œil d'autruche
est plus grosse
que celle de son cerveau.
Autant dire
qu'elle est débile.
Si débile que depuis
qu'elle s'est aperçue
qu'elle avait un long cou,
elle est persuadée
d'être une girafe…

Le mot « café »
vient de *kaffa*,
du nom
de la région d'Éthiopie
dont il est originaire.
Une boisson
venue d'Afrique
et développée
dans des pays arabes…
Marine Le Pen
n'aura pas besoin
de boire de café
pour être énervée…

Bruce Lee
était si rapide
que, dans ses films,
ses mouvements
étaient filmés au ralenti
pour qu'on puisse
les apprécier.
Jean-Claude Van Damme,
lui, c'est ses dialogues
qu'on ralentit.
Pour qu'on puisse
les comprendre.

97 % des gens
à qui l'on offre un stylo
l'essayent en écrivant
leur nom.
Les 3 % restants
ne savent pas écrire
et demandent
si la personne
a gardé le ticket
pour aller échanger
ce cadeau.

La baleine
n'a pas de cordes vocales.
Ah ben voilà,
on comprend mieux
le pourquoi
de Magali Vaé…

On utilise 2 kilomètres
de papier toilette par an.
Une statistique
qui ne tient pas compte
des gastros.
Parce que
dans ces cas extrêmes,
même le rouleau
en carton
peut finir par servir.

Il faut travailler
en moyenne vingt minutes
à Paris pour pouvoir
se payer un Big Mac.
Cette statistique a été établie
à partir du salaire moyen
d'un Parisien et du prix moyen
d'un hamburger
dans la capitale.
Par comparaison,
il faut 2 heures 38 minutes,
pour un habitant de Nairobi
au Kenya. 2 heures 38…
sur les pistes d'athlétisme,
ils sont rapides les Kényans,
mais lorsqu'ils arrivent
au McDo, y a plus personne…

Le cafard
est le seul animal
qui survivrait
à une attaque nucléaire.
Du coup,
il se retrouverait tout seul
sur terre. Et le cafard,
eh ben forcément
il aurait le cafard.

Dans la Rome antique,
quand un homme
témoignait en cour
de justice, il jurait
sur ses testicules.
C'est pour ça
qu'à l'époque
on n'aurait pas
totalement cru
Lance Armstrong
s'il avait juré
ne pas se doper.

En France,
le plus long nom
de commune
est Saint-Rémy-en-Bouzemont-
Saint-Genest-et-Isson,
dans la Marne.
Pour y aller
en partant de Paris,
il faut en moyenne
six heures.
Trois heures de route
et trois heures
pour rentrer
le nom de la ville
dans son GPS.

Vous brûlez
plus de calories
en dormant
qu'en regardant
la télévision.
Heureusement,
grâce à certaines chaînes,
vous pouvez faire
les deux
en même temps.

Les hommes
ont le hoquet
plus souvent que les femmes.
Et surtout les hommes
qui s'appellent Guy.
Ben oui Guy Hoquet!

Lors de la réhabilitation
de Fort Boyard
pour la télévision,
700 mètres cubes
de saletés ont été évacués. Ils
ont quand même
oublié quelques déchets, dont
un qui fait
des énigmes
incompréhensibles
dans la vigie.

À Liverpool,
en Angleterre, la loi
autorise une femme
à travailler seins nus
si elle est employée
dans un magasin
de poissons tropicaux.
Dans *Secret Story*,
Cindy avait, semble-t-il,
un contrat dans l'un
de ces magasins
de poissons…

Les premières fusées
furent inventées
par les Chinois
au XIIe siècle.
C'est pour ça
qu'on avait envoyé
un chien dans l'espace.
Pour ravitailler
les cosmonautes
chinois.

Il y a en moyenne
375 alvéoles
sur une balle de golf.
Et autant
sur le visage
de Chimène Badi.

Les Grecs croyaient
que les étoiles étaient
des petits trous
dans lesquels les dieux
regardaient les hommes.
D'ailleurs en grec,
« étoile » se dit « anus ».

Le chameau peut boire jusqu'à 100 litres d'eau en dix minutes. Amy Winehouse pouvait en faire autant avec du whisky.

En moyenne,
une jeune fille canadienne
possède sept
poupées Barbie,
tandis qu'une Américaine
en possède huit.
Sauf que sa huitième Barbie
souvent c'est sa mère.

Le nom Twingo
vient de la contraction
de deux danses,
le twist et le tango.
Heureusement
qu'ils n'ont pas mêlé de noms
de deux autres danses,
la salsa et la chaconne,
sinon la voiture
se serait appelée
la Salconne.

Les cornes du rhinocéros
ne sont pas en corne,
il s'agit en fait
de poils agglutinés.
Sans doute pour se
« serrer les coudes »...
« Les gars, courage,
il fonce dans un 4 x 4,
ça risque de secouer
un peu... »

1 000 300 000 tonnes
de nourriture
sont gaspillées
chaque année
dans le monde.
Se priver
d'1 000 300 000 tonnes
de nourriture,
Guy Carlier appelle ça
« sauter un repas ».

En hawaïen, Keanu,
le prénom de Keanu Reeves,
signifie « petit vent frais
au-dessus de la montagne ».
En revanche, en hawaïen,
« maillot de bain une pièce »
ne se dit pas monokeanu.

Le Minitel
rapporte encore
100 millions d'euros
chaque année
à France Télécom.
Il y a même encore
un million et demi
de Français qui l'utilisent.
Un chiffre qui baisse
doucement,
année par année.
Du coup, le site
le plus consulté serait
le 36 15
« ouh-ouh-y à quelqu'un ? ».

Si on empilait
toutes les bouteilles
de Coca-Cola
vendues en un an,
on pourrait faire 76 fois
l'aller-retour
entre la Terre et la Lune.
Ce qui permettrait
d'aller mener
des expériences
passionnantes.
Par exemple,
savoir ce qui se passe
quand on rote
en apesanteur.

35 %,
c'est la quantité
supplémentaire d'aliments
qu'on avale
lorsqu'on mange à deux
plutôt que tout seul.
Faudrait demander
à Clara Morgane
si cette différence
est aussi valable
entre les scènes
à un partenaire
et celles à deux.

Vous avez statistiquement 1
chance sur 2 millions
de vous tuer en tombant
de votre lit.
C'est pour ça,
vous levez pas,
c'est trop risqué...

Un pigeon produit environ
25 kilos de fientes par an.
Marc Lévy, lui,
en produit en 25 chapitres
par an.

Le pou fait environ
trois repas
de trente minutes par jour
et se nourrit exclusivement
de sang humain.
C'est un peu un vampire,
le pou.
D'ailleurs il paraît
que le prochain *Twilight*
sera tourné
dans les cheveux
de Sébastien Folin.

Une loi
dans le Massachusetts
aux États-Unis
interdit d'installer
un gorille
sur le siège arrière
de sa voiture.
Il va galérer, Chabal,
s'il essaye
de faire du stop là-bas.

L'apopathodia-
phulatophobie
est la peur
d'être constipé.
Pourtant c'est très chiant
à dire comme mot…

Si l'on met
une petite
quantité d'alcool
sur un scorpion,
il deviendra
instantanément fou
jusqu'à se piquer lui-même
et se donner la mort.
Ce que ne fera
jamais Renaud.
On ne va pas gâcher
de l'alcool
pour une expérience
aussi débile.

En Angleterre,
la minute de silence
dure deux minutes.
Par ailleurs,
en Angleterre toujours,
la minute d'amour
dure une éternité.
Surtout si c'est
avec Susan Boyle.

En pétant
continuellement
pendant six ans
et neuf mois,
vous produirez
assez de gaz
pour créer l'énergie
d'une bombe atomique.
Et là, que vous ayez ou pas
le physique de Megan Fox,
vous serez une vraie
bombe atomique.

Il y a plus de poulets
que d'humains sur terre.
C'est aussi le cas
dans certains
quartiers sensibles
en banlieue.

Créé en 1870,
le Schweppes Indian Tonic
était régulièrement bu
par les colons britanniques
pour se prémunir
de la malaria.
Amy Winehouse ajoutait,
elle, de la vodka
dans son Schweppes
pour se prémunir
de la sobriété.

L'Américain
Jeffrey Warrick
détient un record
du monde :
il a fait
46 300 pompes
en 24 heures.
Zahia en est restée
bouche bée.

Avec un mouton
on peut faire
quatorze pull-overs.
Et un seul gant
pour Marianne James.
Et encore,
je m'avance
peut-être un peu…
disons une mitaine.

On appelle les gens
qui étudient la Lune
des sélénologues.
À ne pas confondre
avec les gens
qui étudient
les transsexuels
qui jouent au tennis…
eux, on les appelle
les sélénawilliamsologues.

L'élan, ce cousin du cerf
et du renne,
a quatre estomacs.
Vous imaginez le souk
quand le bébé élan
a la dalle
et qu'il appelle sa mère ?
« Maman j'ai faim, j'ai faim,
j'ai faim et j'ai faim. »

80 % des Français
regardent la télé
pendant le repas.
Les 20 % restants
sont des téléspectateurs
de Direct 8.
Et donc ils regardent
leur assiette
parce que
c'est plus passionnant.

Chaque année,
plus de gens sont tués
par des ânes
que par des crashes d'avion.
Même s'il faut être
un âne pour accepter
de monter
dans certains avions...

La plupart des gens
s'endorment
en moins de sept minutes.
En beaucoup moins
que ça avec un peu
de chloroforme,
dixit Émile Louis...

Le bambou peut prendre
jusqu'à 90 centimètres
en une journée.
Katsumi, elle,
peut prendre beaucoup,
beaucoup plus…

Une fourmi
peut traîner
jusqu'à 60 fois
son propre poids.
Alors qu'un Américain
obèse, lui,
peut le manger.

En Arabie saoudite,
on respecte tellement l'islam
que le « Muppet Show »
est interdit.
À cause
de Piggy la cochonne.
Là-bas, le porc,
on n'a le droit
ni de le manger
ni même de le regarder.
Espérons quand même
qu'on a le droit d'avoir
des amis, vu qu'on dit
« copains comme cochons »...

Michael Jackson
a vendu
16 millions d'albums
l'année qui a suivi sa mort.
Pour éviter une vague
de suicides chez les anciens
de « La Nouvelle Star »
et de la « Star Ac »,
précisons qu'il ne suffit pas
de mourir pour vendre
des disques.
Il faut quelque chose en plus.
Comme du talent…

80 milliards d'êtres humains
ont vécu sur Terre
depuis l'apparition
du premier homme.
80 milliards,
c'est aussi le nombre
d'êtres humains
à avoir tous un jour
prononcé cette phrase :
« De toute façon,
Michel Drucker,
il nous enterrera tous. »

52 % des femmes
avouent préférer
le chocolat au sexe.
Et pour celles
qui n'arrivent pas à choisir,
il y a un moyen
de concilier les deux :
la barre chocolatée
de Thierry Henry.

Une étoile de mer
n'a pas de cerveau.
Du coup,
au moment
de l'accouplement,
elle ne peut pas faire
le coup
de la migraine.

Un tautogramme
n'est pas une histoire
de Toto,
mais un texte
dont tous les mots
commencent
par la même lettre.
Par exemple,
tautogramme raciste :
« Mais merde, Mamadou
mange ma mère ! »

Les Français
mangent 2 fois plus
de pizza par an
que les Italiens.
Déjà qu'on les battait
au foot…

Chaque fois
que vous léchez un timbre,
vous consommez
un dixième de calorie.
C'est pour ça
qu'Amélie Mauresmo
a arrêté de faire l'amour.
Elle est au régime.

À travers le monde,
23 % des problèmes
de photocopieurs
sont causés par des gens
qui s'assoient dessus
pour se photocopier
les fesses.
Et qui ont des fesses
plus format A3 que A4…

Le prénom
le plus répandu
dans le monde
est Mohamed.
Qui se traduit
en français par
« celui qui est digne
de louanges ».
Mohamed,
à ne pas confondre
avec Clubmed
qui se traduit par
« celui qui n'est
pas toujours digne
de louanges, surtout
au niveau
du buffet à volonté ».

Contrairement
à ce que tout le monde croit,
les scientifiques sont formels :
le chocolat
ne donne pas d'acné.
En revanche,
c'est dommage que l'acné
ne donne pas du chocolat.
En s'éclatant les boutons,
on pourrait se faire
une tartine de Nutella…

Un cafard peut rester
neuf jours sans sa tête
avant de mourir de faim.
C'est pour ça
que la peine de mort
par la guillotine
a aussi été abolie
chez les cafards
et remplacée
par le Baygon Vert.

Grâce à leurs stock-options,
1 200 employés de Google
sont devenus millionnaires
dont 500 en dizaines
de millions de dollars,
et 80 en centaines
de millions de dollars.
Quant aux deux fondateurs,
eux, ils sont
multimilliardaires.
Ils devraient maintenant
créer un moteur
de recherche
pour savoir que faire
avec d'autant d'argent…

Une femelle rat
peut avoir chaque année
en moyenne 280 petits.
Autant dire que le rat
qui se tape une femelle
un soir en boîte,
doit vérifier vraiment
s'il a mis une capote…

64,3 ans,
c'est l'âge moyen
auquel on meurt sur Terre.
C'est aussi l'âge
que fait Patrice Carmouze
depuis qu'il est enfant.

Si le chat miaule
et le chien aboie,
l'aigle, lui, trompette.
C'est ridicule.
Le pauvre aigle…
Déjà qu'on avait
donné son nom
à des bottes
en caoutchouc…

12 % des acheteurs
de GPS sont des femmes.
Et généralement
elles sont déçues
puisque le seul endroit
où Tom Tom
ne leur propose
jamais d'aller,
c'est au lit.

La pieuvre possède
trois cœurs.
Elle a également huit bras,
d'où son nom anglais,
*octopus*.
D'ailleurs quand Dieu
a fini de créer la pieuvre,
il aurait dit :
« Trois cœurs, huit bras…
quel bordel !
Je vais simplifier. »
Et du coup,
il aurait créé l'homme…

Le record du monde
du plus long vol d'avion
en papier
est de 27 secondes
et 9 dixièmes.
Il est détenu par
le Japonais Takuo Toda.
27 secondes et 9 dixièmes
en l'air, c'est plus
que les vrais avions
de certaines
compagnies africaines...

Astérix est
le nom donné
au premier satellite
artificiel français
lancé le 26 novembre 1965,
en l'honneur
d'Astérix le Gaulois.
Le deuxième,
ils l'ont appelé Obélix,
mais ils n'ont jamais
réussi à le faire décoller.
Trop lourd.

Les lions
peuvent s'accoupler
jusqu'à 50 fois par jour.
On sait maintenant
en quel animal
Dominique Strauss-Kahn
rêve de se réincarner.

Le verbe pleuvoir
ne se conjugue
qu'à la troisième
personne du singulier.
C'est dommage
parce que ça serait
très pratique
pour les femmes fontaines
de pouvoir dire :
« Je pleus. »

Entre 10 % et 13 %
de la population mondiale
est gauchère.
Éric Besson, lui,
est devenu gaucher
mais de la main droite.

La Déclaration
d'indépendance
des États-Unis
comme la Constitution
américaine
ont été écrites
sur du papier de chanvre,
la plante qui donne
le cannabis.
C'est pour ça que
la Jamaïque
n'a plus de constitution
depuis longtemps.
Ils l'ont fumée
après l'avoir écrite.

Étymologiquement,
« orchidée »
vient du mot *orchis*
qui signifie
« testicule » en grec ancien.
D'où cette célèbre
expression grecque :
« Tu me casses
les orchidées » !

Il y a 2 millions
de véhicules
qui roulent à l'alcool
au Brésil. Là-bas,
quand on entend
un gars dire au barman :
« Allez, un dernier
pour la route »,
c'est qu'il fait le plein
de sa voiture.

Le lait de chameau,
couramment bu
dans les pays arabes,
contient 10 fois plus
de fer que le lait de vache.
D'ailleurs pour traire
une chamelle, il suffit
de lui placer
un aimant sous les pis.

D'après une étude suédoise,
trop envoyer de SMS
peut causer
des tendinites du pouce.
Ça peut avoir aussi
des effets nocifs sur la santé
de votre couple.
C'est ce que révèle
une autre étude,
celle du portable
de Tony Parker
par Eva Longoria.

Le film *Kirikou*
a été interdit aux mineurs
aux États-Unis,
car les femmes africaines
y sont seins nus.
C'est stupide.
Autant interdire
aux enfants d'être allaités
par leur mère
puisqu'elles ont les seins nus
à ce moment-là.

Chaque année
4 kilos de notre peau
partent en poussière.
À ce rythme-là,
si elle ne mange
pas plus, Kate Moss
devrait disparaître
dans deux ans.

En moyenne,
il y a 178 graines
de sésame
sur chaque petit pain
des Big Mac
de chez McDonald's.
Et 178 raisons d'interner
le mec qui a eu l'idée
de faire cette statistique.

Il a été calculé
que chaque cigarette
faisait perdre en moyenne
de sept à douze minutes
de vie.
Avec ce calcul,
Serge Gainsbourg
serait mort
à moins 52 ans.

En 2006,
une Espagnole de 67 ans
a donné naissance
à des jumeaux.
Elle détient désormais
le record de la femme
la plus âgée ayant
mis au monde un enfant.
Quand les gamins sont sortis,
leurs premiers mots ont été :
« Ah ben d'accord,
on est à peine nés
et maman nous fait déjà
garder par mamie ! »

Les chevaux
dorment debout.
En effet, lors du sommeil,
leurs rotules se bloquent,
permettant à l'animal
de rester immobile.
Du coup, chez les chevaux,
une histoire incroyable,
ça s'appelle une histoire
à dormir couché.

Au XVII$^{e}$ siècle,
le sucre était si précieux
qu'on fermait
les sucriers à clef.
Les ennuis commençaient
quand on perdait la clé.
« Vite qu'on fasse venir
un serrurier,
j'ai envie de manger
un yaourt! »

La loi oblige
tous les citoyens
du Kentucky
à prendre au moins
un bain par an.
Voilà pourquoi Zaz
refuse d'aller
jouer là-bas.

Le sang du homard
est transparent.
Il devient bleu
au contact de l'air.
C'est pour ça
que Dracula
déteste le homard.
Quand il le suce,
il a l'impression
de boire de l'eau.

La marionnette de PPDA
aux *Guignols de l'info*
en est à sa 21e coupe
de cheveux différente.
Des cheveux synthétiques
pour la marionnette,
contrairement
au vrai Patrick.
Quoique.
Il paraît que PPDA,
veut dire en fait :
Poils Plantés Droit à l'Avant.

Si un jour,
vous partez en vacances
en Islande et que vous allez
au restaurant là-bas,
surtout ne laissez pas
de pourboire au serveur,
c'est considéré comme
une insulte.
Les serveurs islandais
devraient venir bosser
en France.
Dans nos restos,
ils ne risquent pas
de se faire insulter!

Le ketchup n'a pas
été inventé
par les Américains,
mais au XVIII^e siècle
par des cuisiniers anglais
qui ont rajouté des tomates
et du sucre
à une sauce piquante
rapportée de Chine
par des navigateurs.
Cette sauce s'appelait
Ke Tsiap. Par contre,
le hot dog a bien été
inventé par les Américains
et repris par les Chinois
au pied de la lettre :
chien chaud…

Le vrai nom
de l'actrice américaine
Demi Moore
est Demetria Gouine.
Si elle avait gardé
son vrai nom
et qu'elle ait tourné
dans *Pirates des Caraïbes*...
elle aurait eu
de la gueule l'affiche :
Depp et Gouine...
un vrai film familial.

Un homme perd
en moyenne
80 cheveux par jour.
C'est une goutte d'eau
dans l'océan
de cheveux
de Sébastien Folin.

Au cours de sa vie,
un être humain avale
en moyenne huit araignées
pendant son sommeil.
Et même une grosse
neuvième en ce qui concerne
Mary-Jane, la fiancée
de Spiderman.

Le jeu de Scrabble français
est composé de 102 lettres.
C'est dans le jeu italien
qu'il y en a le plus (120 lettres).
C'est normal, en français,
il faut trois lettres pour écrire
« con », alors qu'il en faut dix
en italien pour « berlusconi ».

Un cœur de girafe
pèse 10 kilos.
C'est dur pour la girafe :
même quand elle est
en pleine forme,
elle a le cœur gros.

L'expression « en catimini »
est dérivée
du grec *katamênia*
qui signifie « menstruations ».
En France, au XVI$^{e}$
et au XVII$^{e}$ siècle on disait
« avoir ses catimini ».

L'être humain
produit environ
350 litres de transpiration
par an.
Amy Winehouse
ne mettait pas de déodorant
mais plaçait deux verres
sous ses aisselles
puisqu'elle transpirait
du whisky pur.

Les ciseaux
ont été inventés
en Égypte vers 1500
avant J.-C.
À l'époque
tous les gamins
jouaient à
pierre-papyrus-ciseau.

Le record
du plus long baiser
est détenu par Rich Langley
et Louisa Almedovar
du New Jersey, en 2001.
Il dura 30 heures, 59 minutes
et 27 secondes.
Après, Rich a dit à Louisa :
« C'est bon,
t'as eu tes préliminaires.
On peut passer
à la suite maintenant ? »

La moitié
des relations sexuelles
des mâles dauphins
ont lieu avec un autre mâle.
Pour leurs partenaires
féminines, c'est pas Flipper le
dauphin, mais flippant
le dauphin.

La peau d'un humain
pèse 2 fois plus
que son cerveau.
Voire 3, 4 fois plus
en ce qui concerne
Ève Angeli.

La rue
la plus étroite du monde
est la rue de l'Enfer
qui se situe en France
aux Sables-d'Olonne.
Elle mesure 40 centimètres
de large au sol
et 46,5 cm de large
à 1 mètre au-dessus du sol.
Commentaire
de Guy Carlier :
« Bon ben,
je vais faire le tour… »

La girafe
met quinze mois
pour avoir un bébé.
Alors que la femme,
entre les pleurs la nuit
et les couches pleines,
met quinze mois
pour ne plus
en vouloir.

La poupée Barbie
est illégale
en Arabie saoudite,
car elle représente
des comportements féminins
non conformes
à la morale musulmane.
Par contre,
elle est très appréciée
chez les islamistes intégristes :
en effet, il suffit de tirer
sur sa tête
pour la décapiter.

Un enfant américain
sur trois est en surpoids.
Les deux autres
sont juste obèses.

Batman n'est pas
que le nom d'un super-héros.
C'est aussi celui d'une ville
du sud-est de la Turquie.
D'ailleurs là-bas,
quand ils vous demandent
si vous voulez un kebab,
surtout dites : « Joker ! »

Les poissons
ne connaissent pas
la douleur.
D'ailleurs
quand on les découpe
pour faire des sushis,
ils rigolent :
« Arrêtez, ça chatouille ! »

Le briquet a été inventé
mille ans avant l'allumette.
Ce qui aurait arrangé
Jeanne d'Arc,
c'est qu'on invente
ni l'un ni l'autre.

Un Allemand, Philipp Traber,
a battu son propre
record du monde
en servant 50 litres de bière
en 4 minutes et 55 secondes.
Parallèlement
Jean-Louis Borloo
a battu son propre record
du monde en les buvant.

Les gens qui ont
des yeux bleus
voient mieux dans le noir.
D'ailleurs Gilbert Montagné
vient de s'acheter
des lunettes de soleil
avec des verres bleus.

Nos cheveux
poussent en moyenne
de 13 centimètres par an.
Certains par contre
ont des cheveux
qui doivent être à la CGT
puisqu'ils refusent
de pousser.

Les papillons goûtent
avec leurs pieds.
Autant dire qu'ils font très,
très attention
quand ils atterrissent
sur un trottoir à Paris.

Au restaurant,
les touristes les plus radins
au monde sont les Espagnols
(source Trip Advisor).
Un bon dîner
pour un Espagnol,
c'est les deux « pa » :
paella
et pas de pourboire...

En France,
le moyen de transport
le plus sûr
est le téléphérique.
La preuve,
vous n'avez jamais vu
un terroriste essayer
d'en détourner un!

En 2006, une étude
a conclu que la musique
peut réduire jusqu'à 21 %
l'intensité des douleurs,
et jusqu'à 25 %
les symptômes
de dépression.
Apparemment cette étude
n'a pas été réalisée
avec un album
de Carla Bruni.

Le mot « assassin »
vient de l'arabe *haschashin*
qui signifie
« les gens qui fument
le haschisch ».
Pourtant la seule chose
qu'un fumeur arrive à tuer,
c'est le temps.

En moyenne,
douze nouveau-nés
sont donnés chaque jour
par erreur
aux mauvais parents.
Pas plus tard qu'hier
un petit nouveau-né
africain
a été confié à Madonna
alors qu'il était destiné
à Angelina Jolie.

Casser une paire
de baguettes
dans la maison
d'un hôte en Chine
peut être compris comme
une menace de mort.
En France,
c'est manger dans certains
restaurants chinois
qui peut être compris
comme une menace de mort.

Les hyènes
ont un clitoris très développé
ressemblant à un pénis.
Il est impossible de distinguer
par simple observation
un mâle d'une femelle
tant ils se ressemblent.
On a le même problème
avec Vincent McDoom.

Seulement 1 personne
sur 20 000 est capable
de se lécher le coude.
Ayrton Senna a réussi
à le faire aussi,
mais une seule fois.

5 % des personnes
qui utilisent des annonces
de rencontres
sont déjà mariées.
Et alors on a le droit
de préparer l'avenir, non ?

Le pape
Adrien IV (XII$^{e}$ siècle)
serait mort en avalant
une mouche.
Tant que c'est pas
en l'enc...

Le mot « demain »
n'existe pas
en langue eskimo.
Autrement dit
si vous rencontrez
une eskimo,
vous avez intérêt
à l'attraper
le soir même!

Les ours blancs
ont la peau noire.
Ce que Michael Jackson
n'a pas réussi en une vie,
l'ours blanc,
lui, le fait dès sa naissance!

La panspermie
est une théorie scientifique
qui affirme que la Terre
aurait été fécondée
de l'extérieur,
par des moyens
extraterrestres.
Si ça se trouve,
on est tous les enfants
des Bogdanoff.
D'où leur menton :
ils sont enceints du visage.

Nous dormons environ
un tiers de notre vie,
soit 202 300 heures,
ou un peu plus de 23 ans. Et
le reste du temps,
Doc Gynéco, lui, roupille.

Jusqu'au tout début
du XX^e siècle,
la cocaïne pure
était en vente libre
chez Harrod's,
le plus célèbre des grands
magasins de Londres.
Maintenant, tout ça,
c'est fini et c'est dommage
parce que
Frédéric Beigbeder
a perdu une bonne raison
d'aller à Londres.

931, c'est le nombre
des victimes
du tueur en série
le plus prolifique de l'histoire. Il
s'appelait Behram...
il vivait en Inde
au XIXe siècle.
C'est aussi le nombre
de rediffusions de *Derrick*
l'après-midi sur France 3.
Des rediffusions qui,
elles aussi, ont fait de
nombreuses victimes.

En moyenne
dans toute sa vie,
un homme connaîtra 7 200
orgasmes.
Autant dire que
Dominique Strauss-Kahn
devrait être mort
depuis vingt ans…

La langue
de la baleine bleue
peut être aussi lourde
qu'un hippopotame
qui pèse en moyenne
2,7 tonnes.
Quand elle donne
sa langue au chat,
la baleine, faut prévoir
un camion
pour la transporter.

Le vainqueur
des derniers
championnats du monde
de sauna organisés
en Finlande est resté
plus de 3 minutes
dans un sauna chauffé
à 110° C.
L'autre finaliste a été
disqualifié pour dopage.
Apparemment,
il avait mis des glaçons
dans son slip.

Si vous donniez
un nom à chaque neurone
de votre cerveau
et que vous l'écriviez
sur une feuille,
vous vous retrouveriez
avec une pile de papiers
de 8 800 kilomètres de haut.
Les candidats
de Secret Story,
eux, se retrouveraient
avec un seul Post-it de haut.

En Chine, croiser
une paire de baguettes
dans son assiette
est une invitation sexuelle
ou romantique.
Dans un club gay,
croiser ses baguettes
est aussi clairement
une invitation,
mais que sexuelle.

Elaine Davidson
détient le record du monde
de la femme
avec le plus de piercings.
En février 2009,
elle recensait
un total de 6 005 trous…
À ce niveau-là,
c'est plus une femme,
c'est une passoire.

On passe chaque année
quinze jours aux toilettes.
Et un peu plus
si vous étiez en train
de lire ce livre!